AF396602

LES ILLVSTRES PRESAGES

DES ADVANTAGEVX SVCCEZ

DE NOS TROVPES,

SOVS LA CONDVITE

D'VN PRINCE

DE BOVRBON.

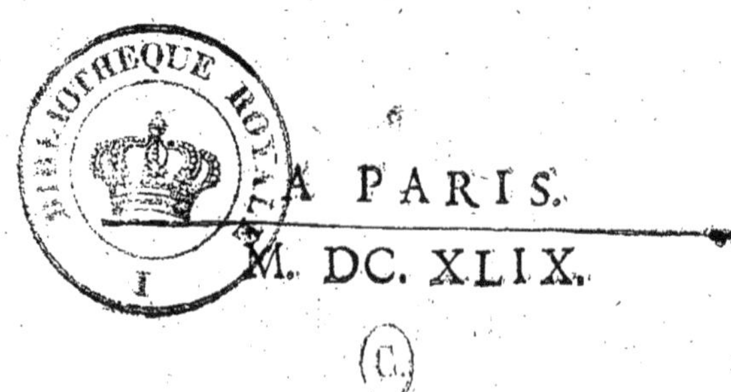

A PARIS.

M. DC. XLIX.

A MONSEIGNEVR

MONSEIGNEVR

LE PRINCE DE CONTY

GENERALISSIME DES ARMEES

DV ROY.

MONSEIGNEVR,

Vne harpe qui n'a point encore l'honneur
d'eſtre connuë de VOSTRE ALTESSE, voudroit
bien vous faire agreér quelqu'vn de ſes concers, n'eſtoit qu'elle craint d'abuſer de cet im-
portant loiſir, que la charge de Generaliſſime ſemble demander tout entier pour l'heu-
reux ſuccez de ſes grands deſſeins : Mais
vous n'eſtes pas de ceux qui ſe partagent
en ſe communiquant, & qui ſe donnant à
autruy ne gardent qu'vne partie pour eux-
meſmes. Vous eſtes tout en pluſieurs em-
plois à meſme temps, & par vn miracle na-
turel vous ne ſerez pas moins tout à vous
meſme, lors que trente mille hommes par-
tageront vos illuſtres ſoins , que l'ame de

l'homme qui remplit toutes les parties du corps, sans que le cerueau qui en est le Trône puisse se plaindre de ce qu'elle se communique aux autres membres, ne la frustrant d'aucune partie de soy méme, puis que mesme la communication luy en laisse la possession entiere. Ainsi ie puis esperer que puis que vous tenez entierement de l'esprit, & que vous ne vous diminuez point en vous donnant, vn petit demy-quart-d'heure d'attention pour mes vers, n'interrompra point celle que les airs de triomphe semblent plus iustement exiger de Vostre Altesse. Pour cet effet ie les ay voulu faire concerter par les troupes de Pallas, qui sont les Muses guerrieres, & pour en rendre la melodie plus genereusement agreable, les harpes n'ont esté faites que de bois de laurier & de palme, dont le Parnasse est aussi fecond que le mont Liban. Il est vray Monseigneur, que pour pinser dignement les nerfs de ce tuorbe, il falloit auoir les doigts des Orphées ou des Amphions, ou pour vous plaire entierement, i'auois besoin de cette fameuse trompete heroïque, qui ja-

dis

dis par la bouche d'Homere, entona si hau-
tement les airs de triomphe d'Achille que
le plus illustre des Conquerans trouua plus
de sujet d'enuie dans les eloges du Panegy-
riste, que dans les belles actions de son sujet.
Mais si VOSTRE ALTESSE pouuoit exiger de
son esprit assez de seuerité pour dedaigner
tout ce qui ne seroit pas digne d'elle, il
faudroit que tout le monde se tût, que le
silence des Poëtes & des Orateurs fût la plus
haute eloquence de leurs Panegyriques, &
que leur impuissance fût la mesure de vostre grandeur. Vostre bonté se declarant
ouuertement contre cette rigueur par cette
grande liberalité qui vous prodigue a tout
le monde, fait esperer à mes Muses guerrieres qu'elles trouueront quelques places
dans leurs armées, que du moins elles y pour-
ront seruir de trompetes, ou de Heraults
des grands succez que toute la France at-
tend d'vn si sage & vaillant Generalissime :
Faites leur cette grace, MONSEIGNEVR, & ne
refusez pas cette faueur à celles qui ayant
eu l'honneur autrefois de vous couronner
de leurs oliues dans la lice des beaux esprits,

auroiēt la mefme ambition, maintenant que vous allez tenir le premier rang parmy les Heros, fi VOSTRE ALTESSE vouloit agreér les palmes que leur Pallas a couppées pour les rendre moins indignes de vos merites: elles fe fient plus en vous, qu'elles ne fe def-fient d'elles-mefmes, & la longue experience qu'elles ont de voftre bonté, leur fait efpe-rer que vous les receurez auec

MONSEIGNEVR,

Voftre tres-humble, tres-obeyffant & tres-zelé feruiteur MATHIEV DV BOS.

CONGRATVLATION

DES MVSES GVERRIERES

A LA FRANCE,

TOVCHANT LE DIGNE CHOIX

DE MONSEIGNEVR LE

PRINCE DE CONTY,

POVR ESTRE GENERALISSIME

DES ARMEES DV ROY.

SCauante maiftreffe des armes,
Nourrice de mille guerriers,
Terre feconde de lauriers
Amazone dans les alarmes,
Mere de tant de Conquerans,
Illuftre compaigne des temps,
Terreur de la grandeur Romaine,
France, c'eft à ce coup qu'vn ciuil armement,
Rauiroit à ton front le beau titre de Reine,
Si tu n'auois pour toy le genereux Armand.

L'Aigle dans cette conionĉture,
Rompant le Traité d'vnion,
Feroit de ta diuision,
Vn beau pretexte à ſa rupture :
Tous tes peuples confederez
Auec tes ennemis iurez
Prendroient party dedans l'Eſpaigne,
Afin que conſpirans pour vn meſme deſſeins
Ils fiſſent inonder la prochaine campaigne,
Du ſang qu'ils verſeroient de ton illuſtre ſein.

On verroit les Lyons d'Auſtriche,
Heriſſans leurs ſuperbes crins,
Brauer les malheureux deſtins
D'vn Royaume jadis ſi riche :
La Holande triompheroit
Du malheur qui te rauiroit
Les deſpoüilles de tant de guerres ;
Et les peuples voiſins vaincus par tes enfans,
Treſſailliroient de voir que par tes cymeterres
De leurs propres vainqueurs ils ſeroient triomfans.

Mais sçache, genereuse France
Que les ressors de ton conseil
Sont, aussi bien que le Soleil,
Conduits par vne intelligence:
Et que les destins enuieux
De l'éclat de tes demy-Dieux,
Fairont bien éclater leur rage:
Mais sous l'authorité du Prince de CONTY,
Au lieu de t'engager, ils verront dans l'orage,
Que contre toy leur force est vn foible party.

Plus triomfante que Carthage,
Tu fairas voir à l'Vniuers,
Qu'il n'est point de coup de reuers,
Qui puisse forcer ton courage:
Sous cet Auguste General,
Mieux qu'elle auec son Hannibal,
Tu rasseureras ton domaine:
Et quand tes ennemis auroient vn Scipion,
Pour les metre dans peu, tant qu'ils sont à la chaine,
Apprends que c'est assez d'vn prince de Borbon.

La robe chez toy, comme à Rome,
Malgré la rage des deſtins,
Faira dans ces bruits inteſtins,
Auorter les deſſeins d'vn homme;
Et cet ancien Catilina
Qu'vn braue Orateur fulmina,
Et de la langue & de l'eſpée,
Renaiſſant dans ces iours en vn monſtre étranger,
Faira voir qu'on peut moins auec vn grand Pompée,
Qu'auec vn Ciceron, écarter le danger.

Ce Prince que l'honneur anime
A ſe ſignaler auiourduy,
En ſupportant pour ton appuy,
Le poids de Generaliſſime :
Sortit autrefois de ces lieux,
Où la compagnie des Dieux
Rend ſes plus myſtiques oracles :
Ne t'eſtonne donc point ſi dedans ſes deſſeins
Toutes ſes actions ſont autant de miracles,
Puis qu'il eſt façonné par ces diuines mains.

Sans peur au milieu d'vn tumulte,
Tu le verras present à soy,
Comme s'il receuoit la loy
De quelque plus haute consulte.
Ces desordres se presentans
Seront calmez dans peu de temps,
S'il en enuisage l'audace,
Et d'vn trait de ses yeux, ou d'vn front irrité,
Il triomphera mieux que tous les Mars de Thrace,
Des plus puissants efforts de la temerité.

Il est vne plus douce guerre,
Que celle des sanglants combats,
Les beaux triomphes des apas
Se remportent sans cymeterre,
Il est vray qu'on ne peut sans cœur,
Esperer d'en estre vainqueur;
Mais il faut que cette victoire,
Pour immortaliser celuy qui la pretend,
Reçoiue ses lauriers de la main d'vne gloire
Plus pure que l'honneur qu'on gaigne en combatant.

Les œillades en font les fleches,
Les apas y feruent de traits,
On ne s'y bat qu'auec atraits,
Auec le cœur on fait les breches:
Vne adorable Majesté
Aßise sur vn front vouté,
En est le Generalißime,
Les ennemis bien-tost faits ses adorateurs,
Confessent qu'on ne peut sans cõmettre vn grãd crime,
Auoir l'ambition d'en estre les vainqueurs.

Voila les inuincibles armes
Auec lesquelles ton CONTY
Faira du rebelle party
Plier la force sous ses charmes;
La sedition en s'armant,
Voyant paroistre ton Armand,
Auec vne douce colere,
Tremblera de respect, ou de peur, ou d'amour,
Et moderant l'ardeur de son cœur sanguinaire,
Adorera l'objet des amours de la Cour:

Ainsi

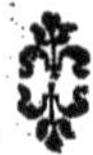

Ainsi sans crainte des tempestes,
Il faira bien-tost éclaircir
La nuë qui semble grossir,
Pour creuer sur beaucoup de testes.
Il calmera les mauuais vents,
Que les grands desordres des temps
Ont fait éleuer sur tes terres,
Et tant par ses atraits, que par ses beaux auis,
Sans permettre le sang à la fureur des guerres,
Il faira triomfer paisiblement tes lis.

Les triomfes que les carnages
Font remporter aux Conquerans,
Sont les éloges des Tyrans,
Et la honte des vrais courages:
Quand il faut monter par le sang
Sur le faiste de quelque rang,
La grandeur en est odieuse,
Cette haute vertu qui fait les demy-Dieux,
Eclate sans combat beaucoup plus glorieuse,
Que celle dont l'erreur flatte ses furieux.

d

De mesme que dans les naufrages,
Lors que les plus superbes mers
Sont comme le ioüet des airs,
Et les triomfes des orages :
Si le Soleil montre son front,
D'abort auec vn regard prompt
Il domte la race d'Astrée,
Et rasseurant sans bruit le tremblement des flots,
Il conqueste la paix à toute la contrée,
Et rend sans aucun sang le calme aux matelots.

ARMAND, l'honneur de tous les Princes,
D'vn front aymable & sans pareil,
Ainsi que le plus beau Soleil
Mettra la paix dans tes Prouinces ;
Et malgré la diuision,
Fera reioindre l'vnion
Dans les ames les plus barbares.
Sans permettre iamais que ses bras triomfans,
Où ce chef reserué pour porter les Tiares,
Fasse espandre le sang d'aucun de tes enfans.

Nous auons nourry son genie,
De la douceur de l'ambre-gris,
Et du nectar le plus exquis,
Qu'on donne à nostre compagnie ;
Pour le seeler de nostre sceau,
Nous l'auons pris dés le berceau ;
Afin que pendant ce bas âge,
Il peust estre plus souple à nos impreßions,
Et commencer deslors ce grand apprentißage,
Qui prepare les Grands aux belles actions.

Ces victorieuses merueilles
Des harpes les charmans concers,
Et des Tuorbes les beaux airs,
Repaissoient tousiours ses oreilles :
Afin que ce nombreux recit
Peust fortifier son esprit,
Les plus sçauantes Nereïdes
Accordoient sur leurs nerfs les exploits des Cesars,
Et faisoient succomber la force des Alcides
Sous la douceur du lut qui brauoit leurs hazars.

Ainſi dans cet apprentiſſage,
Nos doctes troupes en charmant
Méloient ingenieuſement
La douceur auec le courage,
Le chant ramoliſſoit ſon cœur,
Le ſuiet luy donnoit vigueur:
Et dans ce charmant mariage,
Son eſprit balancé par ces deux actions
Prenoit de toutes deux auec égal partage
La façon de ſçauoir meſler ſes paſſions.

Quel monſtre, fut-il plus barbare,
Que ceux du bord de Phlegeton,
Dont la iuſtice de Pluton
Fait ſes bourreaux dans le Tartare,
N'adouciroit vn peu ſon cœur,
Si ſes attraits de ſa douceur
Etaloit deuant luy ſes charmes:
Orphée auec ſon lut deſcendit en Enfer,
Où pour contrequarrer tous les demons en armes,
Il n'eut qu'à le pinſer, afin d'en triomfer.

Cerbere

Cerbere sentit que sa rage,
Auoit perdu cette fureur
Qui tient pour faire plus de peur
Les auenuës du passage,
Ces filles esclaues du temps,
Qui filent la mort, & les ans
Interrompirent leurs ouurages;
Tellement que son lut épargna plus de morts
Que le spectacle affreux de cent mille carnages,
Ne sçauroient en causer auec tous leurs efforts.

Si cette douceur conquerante
Ne peut triomfer de ces cœurs,
Ausquels la rage des fureurs
A fait desia prendre la pante:
Ne crains point cette extremité,
Si contre leur temerité,
Le bras d'vn Prince te conserue:
Car si de ton Armand les aymables apas
Ne peuuent triompher sous l'esprit de Minerue,
Nous luy métrons en main la lance de Pallas.

c

BIBLIOTHÈQUE NATIONALE R.F. IMPRIMÉS

Nos harpes dedans les tanieres,
Ou dans les antres d'Helicon,
Sçauent bien rehausser leur ton,
Lors qu'il faut qu'elles soient guerrieres:
Nos monts n'ont pas plus d'oliuiers
Que de palmes & de lauriers,
Tout y croist en grande abondance :
Mais aussi si la paix y trouue son repos,
Il arriue souuent que contre l'insolence,
La guerre y vient former ses plus vaillants Heros.

Les plus grands vainqueurs de la terre,
Que le monde ait iamais produits,
Venoient chez nous toutes les nuicts,
Pour apprendre l'art de la guerre.
Enfin toute l'Europe vit,
Ce que l'vn & l'autre conquit ;
Alexandre le tiers du monde,
Cesar plus fauory que n'estoit ce premier,
S'estant fait Souuerain sur la terre & sur l'onde,
A passé du depuis pour vn plus grand guerrier.

Iuge donc, genereuſe France,
S'il te faut craindre le danger,
Dont te menace vn étranger,
Sans prendre garde à ta deffence :
Attends le ſans t'en emouuoir,
Et conſiderant ton pouuoir
Sous ce grand Generaliſſime,
Ne le redoute point, & tiens aſſeurément
Sous la protection d'vn Prince magnanime
Que la France ſera touſiours forte en Armand.

BIBLIOTHÈQUE NATIONALE R.F. IMPRIMÉS

F I N.

www.ingramcontent.com/pod-product-compliance
Ingram Content Group UK Ltd.
Pitfield, Milton Keynes, MK11 3LW, UK
UKHW021052120726
13693UKWH00006B/2590

9 782019 248932